COLLECTION

D'HAUTPOUL

29 Juin 1905
Coll. d'Hautpoul

PN
D

COLLECTION

D'HAUTPOUL

CONDITIONS DE LA VENTE

Elle sera faite au comptant.

Les Acquéreurs paieront *dix pour cent* en sus des enchères.

Paris. — Imp. Georges Petit, 12, rue Godot-de-Mauroi. — [illegible]4-05.

CATALOGUE

DE

Tableaux Anciens

ŒUVRES REMARQUABLES

DE

F.-H. Drouais, A. Van Dyck, H. Fragonard, N. Lancret

C. BÉGA, DUPLESSIS, C. EISEN, J.-B. GREUZE
C. DE HEEM, J. VAN HUYSUM
Mlle LEDOUX, F. LE MOINE, C. VAN LOO, G. METZU, J.-B. OUDRY
SANTERRE, G. SCHALKEN, JEAN STEEN, D. TENIERS
PH. WOUWERMAN, J. WYNANTS, ETC.

Composant la

Collection D'HAUTPOUL

ET DONT LA VENTE, PAR SUITE DE DÉCÈS, AURA LIEU A PARIS

HOTEL DROUOT, Salles N°s 9 & 10

Le Jeudi 29 Juin 1905

à 2 heures

COMMISSAIRES-PRISEURS

Me PAUL CHEVALLIER | Me MAURICE COUTURIER
10, rue Grange-Batelière, 10 | [illegible] rue Scribe, [illegible]

EXPERT

M. JULES FÉRAL

7, rue Saint-Georges.

EXPOSITIONS

PARTICULIÈRE : *Le Mardi 27 Juin 1905, de 1 heure 1/2 à 5 heures 1/2*

PUBLIQUE : *Le Mercredi 28 Juin 1905, de 1 heure 1/2 à 5 heures 1/2*

Entrée par la rue Grange-Batelière.

TABLEAUX ANCIENS

Ecole Allemande

BRUYN

(Attribué à BARTHÉLEMY DE)

1 — *Portrait de femme âgée.*

Vue à mi-corps, légèrement tournée vers la gauche, coiffée d'un bonnet blanc, vêtue d'une robe noire, une étole de fourrure posée sur les bras, les mains jointes.

Beau portrait, largement exécuté.

Bois. Haut., 55 cent.; larg., 25 cent.

FISCHES

(ISAAC)

Augsbourg, 1677-1705.

2 — *Minerve protégeant les arts.*

La déesse, portée sur un nuage, tient une couronne de laurier au-dessus d'une figure de femme représentant la peinture. A droite, deux amours personnifient la musique. A gauche, un sculpteur travaillant sous l'inspiration de Mercure. Dans les nues, une Renommée.

Signé à gauche.

Toile. Haut., 73 cent.; larg., 54 cent.

ÉCOLE ALLEMANDE

(XVIe SIÈCLE)

PENDANT DU SUIVANT

3 — *Portrait présumé d'Anne de Boleyn.*

Vue à mi-corps, de trois quarts à gauche, en robe de velours rouge enrichie de broderies d'or, coiffée d'une toque de velours à plume blanche sur une résille couvrant ses cheveux blonds, elle est parée de bijoux d'orfèvrerie.

Bois. Haut., 49 cent.; larg., 37 cent.

ÉCOLE ALLEMANDE

(XVIe SIÈCLE)

PENDANT DU PRÉCÉDENT

4 — *Portrait présumé d'Henri VIII.*

Il est représenté à mi-corps, tourné de trois quarts à droite, les cheveux pendants sur les oreilles, la barbe encadrant le visage. Coiffé d'une toque à plume blanche, en habit rouge brodé d'or, à large col de fourrure, il tient de la main droite une chaîne pendant autour de son cou.

Bois. Haut., 49 cent.; larg., 37 cent.

École Allemande XVI Siècle

Ecoles
Flamande et Hollandaise

AELST

(WILLEM VAN)

Delft, 1626-1683.

5 — *Oiseaux morts, plantes et insectes.*

Un faisan et un perdreau sont posés à terre au pied d'un arbre où l'on remarque des insectes voltigeant sur des chardons.

Signé en toutes lettres et daté : *1671*.

Fine peinture, en parfait état de conservation.

Toile. Haut., 79 cent.; larg., 62 cent.

BAKHUYSEN

(LUDOLF)

Embden, 1631-1708.

6 — *Marine hollandaise.*

Sur une mer agitée, des bateaux fuient la tempête. A droite, des marins sont occupés sur une barque de pêche. Dans le fond, l'entrée d'un port.

Signé des initiales sur le pavillon d'un bateau.

Toile. Haut., 59 cent.; larg., 79 cent.

BEGA

(CORNÉLIS)

Haarlem, 1620-1664.

7 — *Danse villageoise.*

Dans l'intérieur d'un estaminet encombré d'objets de ménage, un homme et une femme dansent au son d'un violon ; des buveurs sont assis ; à droite, un vieillard porte un enfant sur ses genoux, une ménagère fait sécher un linge devant une haute cheminée.

Signé et daté : *1655.*

Toile. Haut., 19 cent.; larg., 24 cent.

BERCHEM

(NICOLAS)

Haarlem, 1620-1683.

8 — *Berger gardant son troupeau.*

Un pâtre en veste rouge est assis à terre, caressant son chien. Autour de lui, un troupeau de bœufs et de moutons.

A droite, un homme tenant un bâton pousse des animaux vers l'entrée d'une ferme.

Signé à gauche.

Bois. Haut., 41 cent.; larg., 54 cent.

BERCHEM

(Attribué à NICOLAS)

9 — *Le Passage du gué.*

Une bergère, montée sur un cheval blanc, cause avec un pâtre près d'une source qui jaillit d'un rocher.

Toile. Haut., 38 cent.; larg., 38 cent.

BOTH

(Attribué à JEAN)

10 — *Le Torrent.*

Deux personnages, l'un couvert d'un manteau rouge, l'autre monté sur un âne, suivent un chemin tournant au bord d'une cascade.

Fond de paysage montagneux avec effet de soleil couchant.

Bois. Haut., 62 cent., larg., [illegible] cent.

DYCK

(ANTOINE VAN)

Anvers, 1599-1641.

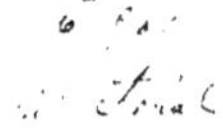

11 — *Portrait présumé de Gaspard de Crayer.*

Vu de face, en buste, les yeux fixés sur le spectateur, les cheveux bruns bouclés, la barbiche en pointe sur une fraise rigide; habit vert foncé, boutonné sur la poitrine.

Portrait d'une superbe expression.

Toile de forme ovale. Haut., 58 cent.; larg., 49 cent.

FALENS

(CHARLES VAN)

Anvers, 1683-1733.

DEUX PENDANTS

12 — *Le Départ pour la chasse au faucon.*

Une dame à cheval tient un faucon sur la main. Au centre, un gentilhomme, son chapeau sous le bras, offre une pêche à une jeune femme assise. Des valets tiennent des chevaux ou des chiens de chasse. Dans le fond et à droite, un château.

13 — *Chasseurs au bord d'une rivière.*

Un fauconnier fait boire son cheval dans le cours d'eau où des pêcheurs retirent leur filet. Un couple de chasseurs, ayant mis pied à terre, s'entretiennent galamment. A gauche et vers le fond, un pont de pierre flanqué d'une tour en ruines.

Signés en toutes lettres.

Toiles. Haut., 52 cent.; larg., 61 cent.

FALENS

(CHARLES VAN)

DEUX PENDANTS

14 — *Chasses au faucon.*

Jolies compositions à nombreux personnages.

Bois. Haut., 18 cent.; larg., 22 cent.

HEEM

(CORNELIS DE)

Utrecht, 1623-†

15 — ***Fruits sur une table de marbre.***

Une pêche, des raisins, des prunes, des cerises sur un tapis bleu, couvrant en partie une table de marbre.

Signé en toutes lettres.

Bois. Haut., 19 cent.; larg., 23 cent.

HOBBEMA

(Attribué à MEINDERT)

16 — *Le Moulin à eau.*

Un moulin, construit en palissade et couvert de tuiles, s'élève à l'entrée d'un bois. Un cavalier, précédé d'un villageois, suit un chemin sinueux au bord d'un cours d'eau.

A droite, un monogramme.

Cadre en bois sculpté.

Toile. Haut., 48 cent.; larg., 71 cent.

HUYSUM

(JEAN VAN)

Amsterdam, 1682-1749.

17 — ***Vase de fleurs sur une table de marbre.***

Aquarelle.
Signée et datée : *1735*.

Haut., 24 cent.; larg., 17 cent.

JANSENS

(Attribué à JÉROME), dit LE DANSEUR

18 — *Les Joyeux convives.*

Par les fenêtres d'un palais, où d'élégants personnages se livrent à un festin, on aperçoit une scène de bataille et le Jugement dernier.

Bois. Haut., 75 cent.; larg., 1 m. 05.

METZU

(GABRIEL)

Leyde, 1630-1667.

19 — *Le Hacheur de paille.*

Sous une grange, un vieux paysan se sert d'un hache-paille. Une vieille femme, coiffée d'un bonnet blanc, est assise au centre, tenant un fuseau sur ses genoux couverts d'un tablier bleu. Un jeune garçon vêtu de gris, les yeux tournés vers sa grand'mère, est debout à droite, appuyant une cruche de grès sur un tonneau entouré d'ustensiles de ménage et de choux posés à terre.

Au fond, une porte est ouverte sur la campagne.

Très intéressant tableau de la jeunesse du maître.

Signé en toutes lettres, et daté : *1649*.

Toile. Haut., 64 cent.; larg., 76 cent.

NEER

(Attribué à ADRIEN VAN DER)

20 — *Un Canal en Hollande.*

Au premier plan, un pêcheur, dans une barque, retire un filet. Plus loin, des bateaux à voiles entre deux rives boisées. Effet de soleil couchant.

Toile. Haut., 65 cent.; larg., 87 cent.

SCHALCKEN

(GODEFROID)

Dordrecht, 1643-1706.

21 — *Diane et ses nymphes.*

La déesse est debout, drapée d'un manteau rouge, tenant une flèche et un arc. Ses compagnes sont assises ou couchées à l'ombre de grands arbres; l'une d'elles, drapée d'une étoffe de soie bleue, tient un cor. A droite, un carquois pendu à un tronc d'arbre entouré d'une draperie rouge.

Signé à droite, en toutes lettres.

Toile. Haut., 81 cent.; larg., 65 cent.

SNAYERS

(PIERRE)

Anvers, 1592-1667.

22 — *Combat de cavalerie.*

A droite et au premier plan, des mousquetaires sont aux prises. Dans le fond, la mêlée s'engage sur un pont traversant une rivière, qui baigne une éminence où des tentes sont dressées.

Importante composition comprenant un grand nombre de figures.

Toile. Haut., 1 m. 03 ; larg., 1 m. 38.

STEEN

(JEAN)

Leyde, 1626-1679.

23 — *L'Offre galante.*

Une joyeuse compagnie est réunie à l'intérieur d'une chambre, où se trouve un lit à baldaquin, près d'une fenêtre ouverte sur la campagne.

A droite, un villageois se présente dans l'embrasure d'une porte, en dansant, vêtu d'un habit bleu, coiffé d'une toque rouge; il présente d'une main un hareng et tient dans l'autre main un oignon, des aulx et une branche de persil, faisant la joie d'une opulente ménagère, assise au centre, en corsage rouge, bonnet blanc.

A gauche, le mari de la dame est fort occupé à éplucher des noix. Une servante tient une cafetière d'étain. Un autre personnage, debout, fait un pied de nez.

Au premier plan, un chien aboie.

Signé à droite, en toutes lettres.

Cette composition est une réplique du célèbre tableau du musée de Bruxelles. On remarquera une variante importante dans la nature des plantes que présente, de la main droite, le principal personnage.

Toile. Haut., 79 cent.; larg., 63 cent.

TENIERS

(DAVID)

Anvers, 1610-1690.

24 — *Les Fumeurs.*

Trois fumeurs sont réunis dans une tabagie; le premier, assis au centre, coiffé d'une toque rouge et portant une veste bleue, allume sa pipe; le second est à demi renversé, la tête appuyée contre un mur, la bouche ouverte, tenant à la main un vase de grès; le troisième, coiffé d'un feutre mou, est debout. A gauche, sur un banc, un manteau gris, un chapeau à larges bords et une cruche de terre. A droite, un dessin sur papier, collé à la muraille, présente la date 1641.

Signé en toutes lettres.

Cadre en bois sculpté.

Bois. Haut., 27 cent.; larg., 35 cent.

TENIERS

(Attribué à DAVID)

25 — *Personnages à l'entrée d'un parc.*

Un gentilhomme et une dame en robe rouge sont debout devant la porte d'un château, près de laquelle une servante dessert une table. Une jeune femme, vue de dos, la jupe de sa robe bleue relevée sur un jupon rose, marche entre deux cavaliers venant à sa rencontre, le chapeau à la main. Un villageois tient par la bride un cheval blanc. Au second plan, un couple gravit les degrés d'une terrasse dominant un canal. Dans le fond, le clocher d'une église.

Toile. Haut., 76 cent.; larg., 1 m. 08.

TENIERS

(Attribué à DAVID)

26 — *Le Corps de garde.*

Des soldats, au repos, sont réunis dans une auberge. Les uns fument, les autres, assis autour d'une table, jouent aux cartes.

A gauche, des trophées d'armes et d'harnachements.

Bois. Haut., 60 cent.; larg., 80 cent.

WOUWERMAN

(PHILIPPE)

Haarlem, 1619-1668.

27 — *Le Camp.*

Un cavalier en habit rouge, monté sur un cheval blanc, sonne de la trompette. Devant une tente, ornée d'un drapeau flottant au vent, un militaire courtise une villageoise. D'autres soldats attendent le départ. Le camp s'étend à droite et vers le fond.

Ciel nuageux.

Signé à gauche du monogramme.

Bois. Haut., 35 cent.; larg., 41 cent.

WOUWERMAN

(PHILIPPE)

28 — *Un Chasseur.*

Un gentilhomme, monté sur un cheval blanc, regarde des faucons lâchés devant lui par un valet.

Signé du monogramme.

Petit tableau de la meilleure qualité du maître.

Bois, Haut., 24 cent.; larg., 18 cent.

WOUWERMAN

(Attribué à PHILIPPE)

29 — *L'Hiver en Hollande.*

Sur un canal glacé, des traineaux sont attelés de chevaux; l'un d'eux est arrêté, une dame en descend, aidée d'un cavalier. Dans le fond, des patineurs.

Bois, Haut., 55 cent.; larg., 49 cent.

WOUWERMAN

(PIERRE)

Haarlem, 1623-1683.

30 — *Halte de chasseurs.*

Des cavaliers se sont arrêtés devant une auberge couverte de chaume et entourée d'un bouquet d'arbres. L'un d'eux a mis pied à terre, parlant à son compagnon en veste rouge et monté sur un cheval blanc. Un paysage montagneux s'étend sur la gauche.

Bois, Haut., 62 cent.; larg., 77 cent.

WYNANTS

(JEAN)

Haarlem, 1625-1682 ?

31 — *La Moisson.*

Des paysans lient des gerbes de blé dans un champ entouré d'une palissade. Quatre villageois se reposent au bord d'un chemin. A droite, un tronc d'arbre renversé.

Signé à gauche, en toutes lettres.

Important tableau de l'artiste.

Toile. Haut., 69 cent.; larg., 97 cent.

ÉCOLE FLAMANDE

(XVIIe SIÈCLE)

32 — *Le Char de l'Aurore.*

Il est porté sur un nuage accompagné de jeunes femmes se tenant par les mains. Dans les nues, l'Amour tenant une torche enflammée et Flore répandant des fleurs sur la terre.

Toile. Haut., 28 cent; larg., 42 cent.

Ecole Française

BAUDOUIN

(D'après)

33 — *Le Lever.*

Une jeune femme assise au bord d'un lit, tendu de rideaux roses, joue avec un chat. Deux soubrettes préparent sa toilette. L'une d'elles, baissée sur le sol, lui présente des mules ; l'autre debout, tient ouverte sur ses bras une jupe blanche.

Bois. Haut., 29 cent. ; larg., 22 cent.

BOUCHER

(École de)

34 — *Pastorale.*

Une jeune bergère se repose dans un parc. Un villageois profite de son sommeil pour déposer à ses pieds une corbeille de fleurs contenant un billet.

Toile. Haut., 54 cent. ; larg., 44 cent.

BOUCHER

(École de)

35 — ***Nymphes et Amours.***

Quatre dessus de portes.

Toiles de forme ovale. Haut., 80 cent.; larg., 1 m. 50.

BOUCHER

(D'après)

36 — ***Pastorales.***

Deux dessus de glaces.
Deux dessus de portes.

Toiles de forme ovale. Haut., 38 cent.; larg., 68 cent.

DESHAYS

JEAN-BAPTISTE

Rouen, 1729-17[illegible]

37 — *Danaé.*

La jeune femme est vue en buste, la tête relevée, les cheveux poudrés et bouclés. Le nuage qui l'entoure voile sa poitrine. Sur le fond, on remarque, peint en grisaille, le masque de Jupiter.

Toile. Haut., 4[illegible] cent.; larg., [illegible] cent.

DONVÉ

JEAN-FRANCOIS

Saint-Amand, 17[illegible]-17[illegible]

38 — *Portrait de jeune femme.*

En buste, la tête inclinée sur la droite, les cheveux blonds relevés et bouclés, ornés d'un ruban rose, elle porte un corsage décolleté et un fichu de mousseline sur les épaules.

Toile. Haut., 5[illegible] cent.; larg., [illegible] cent.

DROUAIS

(FRANÇOIS-HUBERT)

Paris, 1727-1775.

11,000

H. C.

39 — *Portrait de jeune femme.*

Vue jusqu'à la ceinture, de trois quarts à droite, le visage tourné vers le spectateur, elle est vêtue d'un corsage vert décolleté, retenu sur la poitrine par un nœud de ruban jaune.

Les cheveux blonds, relevés et bouclés, elle est coiffée d'un chapeau plat en soie noire, garni de dentelles de même couleur et d'un voile tombant sur le dos.

Autour du cou, un collier de perles pendant sur la poitrine.

Signé à droite : *Drouais le fils, 1760.*

Très beau portrait de l'artiste.

Toile. Haut., 59 cent.; larg., 49 cent.

DUPLESSIS

(JOSEPH-SIFRÈDE)

Carpentras, 1725-1802.

40 — *Portrait présumé de Louis XVI.*

En habit gris ouvert sur un jabot de tulle, son chapeau sous le bras, il est vu à mi-corps, de profil à gauche, le visage souriant tourné vers le spectateur, les cheveux poudrés et bouclés, noués d'un large nœud de ruban.

Très beau petit portrait d'une remarquable souplesse d'exécution et d'une délicate harmonie de couleurs.

Toile. Haut., 32 cent ; larg., 25 cent.

EISEN

(CHARLES)

Valenciennes, 1720-1778.

41 — *Pastorale.*

Dans un parc, près d'un sphinx s'élevant sur un socle de pierre, au bord d'un cours d'eau, des bergers et des bergères se reposent sur l'herbe : l'un d'eux s'empresse auprès d'une jeune femme en robe rose relevée sur un jupon blanc et tenant à la main une houlette enrubannée, un autre porte une musette, regardant sa compagne en corsage bleu, jupe jaune, assise et tournée vers lui. Un chien dort. Une chèvre et des moutons paissent au premier plan. A droite, une cabane couverte de chaume. Dans le fond, un paysage montagneux.

Gracieuse composition.

Bois de forme ovale. Haut., [illegible]5 cent.; larg., 70 cent.

FRAGONARD

(JEAN-HONORÉ)

Grasse, 1732-1806.

42 — *Le Contrat.*

Dans un intérieur du temps de Louis XVI, une jeune femme est debout, en robe de satin blanc, décolletée, les cheveux blonds bouclés ornés d'un ruban bleu, les yeux baissés, abandonnant ses deux mains dans la main d'un jeune homme assis, vêtu d'un gilet de soie marron, d'une culotte de satin blanc, le haut du corps renversé sur le dossier de son siège, les yeux fixés amoureusement sur sa fiancée, et tenant une plume pour la signature du contrat étalé sur un bureau enrichi de bronzes.

A gauche, un manteau de soie rose doublé de fourrure blanche est posé sur un divan.

Dans le fond, un paravent est ouvert devant un meuble à hauteur d'appui sur lequel on remarque un vase de fleurs.

Deux tableaux en grisaille sont accrochés aux murs : l'un représente *le Verrou*, l'autre *l'Armoire*.

Toile. Haut., 45 cent.; larg., 55 cent.

Ce tableau, d'un fini précieux dont le maître n'était pas coutumier et qui pourrait laisser croire à la collaboration de Mlle Gérard, a été gravé par Blot.

Cité par Charles Blanc, comme faisant partie de la collection Jules Duclos, et ayant orné précédemment la chambre à coucher du comte de Perregaux. Acheté à M. Jules Duclos, le 19 avril 1856, par M. le comte d'Hautpoul. Cité par le baron R. Portalis, dans *l'Œuvre de H. Fragonard*. Cité par G. Bourcard dans le *Guide de l'amateur d'estampes*.

A figuré, en 1874, à l'Exposition des Alsaciens-Lorrains.

GREUZE

(JEAN-BAPTISTE)

Tournus, 1725-1805.

43 — ***Jeune fille en buste.***

Tournée de trois quarts à gauche, en corsage blanc, les cheveux blonds relevés sur le front, bouclés sur la nuque et ornés d'un ruban rose, les yeux levés au ciel.

Belle peinture, d'un faire large et vigoureux.

Toile. Haut., 45 cent.; larg., 37 cent.

LANCRET

(NICOLAS)

Paris, 1690-1743.

44 — *Les Plaisirs champêtres.*

Une jeune femme en robe jaune, corsage vert, portant un nœud bleu dans ses cheveux relevés et ornés de pâquerettes, vient de tomber à terre. Un gentilhomme en habit de soie marron se penche vers elle en lui tendant les bras.

A gauche, à l'ombre de grands arbres, deux dames sont assises sur un banc de pierre : la première, en robe de satin vert d'eau, est accompagnée de deux fillettes vêtues de rose et de bleu, l'une tenant un petit chien au bout d'un ruban ; la seconde dame joue avec un éventail.

A droite et vers le fond, un berger et une bergère gardant un troupeau de moutons.

Très beau tableau, en parfait état de conservation.

Toile. Haut., 48 cent.; larg., 65 cent.

LAVREINCE

(D'après)

45 — ***La Consolation de l'absence.***

Célèbre composition gravée par *Delaunay*.

Bois. Haut., 34 cent.; larg., 23 cent.

LAVREINCE

(D'après)

46 — ***L'Heureux moment.***

Célèbre composition gravée par *De Launay*.

Bois. Haut., 34 cent.; larg., 23 cent.

LEDOUX

(Mlle PHILIBERTE)

1767-1840

47 — ***La Fillette au miroir.***

Une petite fille, aux cheveux blonds tombant en boucles sur les épaules, vêtue d'une robe blanche, regarde dans un miroir un collier de perles passé autour de son cou.

Toile. Haut., 40 cent.; larg., 31 cent.

LEMOINE

(FRANÇOIS)

Paris, 1688-1737.

48 — *Jupiter et Antiope.*

Étendue sur un tertre, où sont drapées des étoffes blanche et bleue, Antiope sommeille, un bras allongé, l'autre relevé sur sa tête aux cheveux dénoués et ornés de chaînes de perles.

A droite, Jupiter, sous les traits d'un satyre, soulevant un voile de gaze.

Beau tableau, d'un faire large et d'une tonalité lumineuse.

Toile. Haut., 87 cent. ; larg., 1 m. 28.

LOO

CARLE VAN

Nice, 1705-1765.

QUATRE DESSUS DE PORTES FAISANT SUITE

49 — *La Comédie.*

Elle est représentée par une figure de jeune femme, assise à l'entrée d'un palais, tenant d'une main un masque et drapant de l'autre main un rideau jaune tendu sur une colonnade. Vêtue d'une robe rose décolletée, un fichu vert rayé posé sur le bras; une guirlande de pourpre couronnant ses cheveux bruns tombe sur son corsage.

A droite, deux enfants assis, l'un couvert d'un manteau rose, l'autre coiffé d'une toque à plumes blanches soufflant dans un cor.

A gauche, une musette et des masques.

50 — *La Tragédie.*

Représentée par une femme dans l'attitude de la douleur, en robe blanche ornée de bijoux, manteau doublé d'hermine, couronnée de lauriers, un bras accoudé sur une table où sont posés les insignes de la royauté. Elle tient à la main droite un stylet dont un enfant veut la détendre.

A gauche, un autre enfant porte le casque empanaché d'un guerrier.

A droite, un vase de bronze couvert d'un voile funéraire.

5

51 — *Le Repos de la sultane.*

Une jeune femme, vêtue à l'orientale, d'étoffes bleues, blanches et roses, et dont les traits semblent représenter Mme de Pompadour, est assise sur un divan, une jambe repliée sous l'autre jambe, un bras accoudé sur un coussin, tenant d'une main une longue pipe d'opium et prenant de l'autre main la tasse de café que lui présente une esclave noire en robe rouge, coiffée d'un fichu blanc et agenouillée devant sa maîtresse.

Des fleurs dans un vase sont posées devant une fenêtre ouverte sur la campagne.

52 — *Les Odalisques.*

Deux femmes d'Orient sont assises dans un intérieur tendu d'étoffes de soie brochée d'or. Entre elles, un métier à tapisserie. La première, vue de face, en robe bleue, coiffée d'un turban, tenant une aiguille liée à un peloton de laine, semble interrompre son travail pour écouter sa compagne. Celle-ci, vue de trois quarts, les cheveux nattés sur le dos, fait un geste de la main droite.

Toiles de forme ovale. Haut., 1 m. 47 ; larg., 95 cent.

OUDRY

(JEAN-BAPTISTE)

Paris, 1686-1755.

53 — *Chien et canards sauvages.*

Un chien de chasse, en arrêt dans les roseaux, a saisi un canard sauvage. Une cane se débat, cherchant à gagner le cours d'eau.

Fond de paysage.

Signé et daté : *1749.*

Toile. Haut., 95 cent.; larg., 1 m. [illegible]

POUSSIN

(École du)

XVIIe SIÈCLE

54 — *Égisthe découvrant les signes de sa naissance.*

Toile. Haut., 80 cent.; larg., 1 mètre

RIGAUD

(Attribué à HYACINTHE)

55 — *Portrait de jeune femme.*

Représentée jusqu'aux genoux, debout dans un parc, près d'un sphinx de bronze couché sur un socle de pierre, en robe de satin bleu, décolletée, les cheveux poudrés ornés de rubans, une écharpe de soie blanche drapée autour d'elle, elle cueille de la main droite un œillet.

Un page nègre, en habit jaune, lui présente une corbeille de fleurs.

Toile. Haut., 1 m. 4[illegible]; larg., 1 m. [illegible]

RIGAUD

(Attribué à HYACINTHE)

56 — *Vertumne et Pomone.*

Une jeune femme en robe de satin bleu, entourée d'un manteau de couleur violacée, est assise dans un parc, sur un banc de pierre. Au second plan et à droite, Vertumne, coiffée d'un voile noir, vêtue d'un corsage de velours rouge, semble lui causer, faisant un geste de la main droite.

Fond de paysage avec terrasse.

Toile. Haut., 1 m. 47; larg., 1 m. 20.

SANTERRE

(JEAN-BAPTISTE)

Magny, 1651-1717.

57 — *Portrait du musicien Lalande.*

Il est représenté en buste, la tête légèrement tournée vers la gauche, les cheveux bouclés et pendants, les épaules couvertes d'un manteau rouge.

Toile. Haut., 60 cent.; larg., 50 cent.

VERNET

(Attribué à JOSEPH)

58 — *Vue de la Lanterne du port de Gênes.*

Elle s'élève sur un rocher abrupte, dominant la rade, où voguent des navires.

Une barque, montée par des rameurs, accoste au pied d'un escalier monumental. Des dames et des gentilshommes se disposent à prendre place sous un dais tendu de rideaux roses à l'arrière du bateau.

Au premier plan, des marins au repos et un pêcheur à la ligne.

Toile. Haut., 2 m. 28; larg., 1 m. 65.

ÉCOLE FRANÇAISE

(XVIIIe SIÈCLE)

59 — *Portrait d'un jeune gentilhomme.*

En buste, habit bleu, coiffé d'un tricorne.

Toile. Haut., 48 cent.; larg., 38 cent.

ÉCOLE FRANÇAISE

(XVIIIe SIÈCLE)

60 — *Fruits, bouteilles, verres et objets divers.*

Toile. Haut., 47 cent.; larg., 37 cent.

ÉCOLE FRANÇAISE

61 — *Décoration de salon.*

Gracieuses compositions d'après Watteau, Lancret et Boucher.

Huit panneaux décoratifs.

Toiles. Haut., 1 m. 50.

Deux dessus de portes.

Toiles. Haut., 60 cent.; larg., 1 m. 18

Ecoles Espagnole et Italienne

BELLOTTO

(BERNARD)

Venise, 1720-1780

PENDANT DU SUIVANT

62 — *Vue de la place San Giovani e Paolo, à Venise.*

Une gondole, montée par un homme en habit rouge, accoste le quai.

Vers le fond, un pont traverse le canal, près de la Scuala di San Marco.

Toile. Haut., 1 m. 11 ; larg., 75 cent.

BELLOTTO

(BERNARD)

PENDANT DU PRÉCÉDENT

63 — *Le Pont du Rialto, à Venise.*

Des bateaux marchands sont amarrés devant le palais Manin, des gondoles sillonnent le Grand Canal.

Au premier plan, sur un embarcadère, trois personnages.

Toile. Haut., 1 m. 11 ; larg., 75 cent.

COELLO

(ALONZO SANCHEZ)

Benifayro, 1515-1590.

DEUX PENDANTS

64 — ***Portrait d'un jeune seigneur.***

En buste, les cheveux relevés sur la tête, la barbe en pointe, il porte un pourpoint noir à boutons d'or, une fraise souple autour du cou.

65 — ***Portrait d'une jeune princesse.***

En buste, corsage noir, fraise souple, une chaîne de perles passée autour du cou et tombant sur la poitrine.

Charmants petits portraits, peints sur carton.

Haut., 6 cent.; larg., 5 cent.

MARATTI

(CHARLES)

Camerino, 1625-1713.

66 — ***La Sainte-Famille et saint Jean-Baptiste.***

A droite, deux anges.

Cuivre. Haut., 44 cent.; larg., 35 cent.

MURILLO

(Attribué à)

67 — *Le Christ enfant.*

L'Enfant-Jésus, debout sur un socle de pierre, vêtu d'une robe grise, porte sur ses cheveux blonds la couronne d'épines et sur son épaule la croix, qu'il soutient de ses deux mains.

Toile. Haut., [illegible] cent.; larg., [illegible] cent.

PÉRUGIN

(École du)

68 — *La Vierge et l'Enfant-Jésus.*

La Vierge debout, vue à mi-corps, en robe rouge, manteau bleu, un voile posé sur ses cheveux blonds et retenu sur l'épaule par une agrafe d'orfèvrerie, soutient l'Enfant-Jésus debout sur une balustrade.

Fond de paysage.

Bois. Haut., 49 cent.; larg., [illegible] cent.

ROSSI

(FRANÇOIS), dit CECCO DI SALVIATI

(Florence, 1510-1563)

69 — *La Vierge, l'Enfant-Jésus, saint Jean-Baptiste, sainte Catherine, saint Joseph et saint François.*

Toile. Haut., 1 m. 08; larg., 87 cent.

SALAINO

(ANDRÉ)

Milan, 1510-?.

70 — *La Vierge, l'Enfant-Jésus et saint Joseph.*

La Vierge assise allaite l'Enfant-Jésus qui tient une pomme de la main droite.

Bois. Haut., 62 cent.; larg., 49 cent.

SALVI

(JEAN-BAPTISTE), dit LE SASSOFERRATO

Sassoferrato, 1605-1685.

71 — *La Vierge en prière.*

En buste, voile blanc, manteau bleu, les mains jointes.

Cuivre. Haut., 22 cent., larg., 17 cent.

SIRANI

(JEAN-ANDRÉ)

Bologne, 1610-1670.

72 — *La Vierge et l'Enfant-Jésus.*

La Vierge, en robe rose, manteau bleu, portant l'Enfant-Jésus couché sur ses genoux, roule dans ses mains un linge blanc.

Signé à droite et daté : *1665.*

Toile. Haut., 1 m. 08; larg., 93 cent.

Tableaux Modernes

DUPONT

(ERNEST)

73 — ***Jeune fille accoudée sur un livre.***

Signé à gauche.

Toile. Haut., [illegible] cent., larg., [illegible] cent.

MOZIN

(CHARLES)

74 — ***Vue d'un port animé de bateaux à voiles.***

Effet de soleil couchant.
Signé à gauche.

Toile. Haut., [illegible] cent., larg., 1 m. [illegible]

MOZIN

(CHARLES)

75 — *Vue d'une ville hollandaise.*

Signé à gauche et daté : *1845*.

Toile cintrée dans le haut. Haut., 1 m. 14 ; larg., 85 cent.

www.ingramcontent.com/pod-product-compliance
Lightning Source LLC
LaVergne TN
LVHW020424230826
846091LV00004B/1408

* 9 7 8 2 3 2 9 4 5 8 2 4 3 *